Sherlock Heml'Os mène l'enquête

Jim et Mary Razzi

Sherlock Heml'Os
mène l'enquête

4

Traduit de l'américain par Josette Gontier

Illustrations de Ted Enik

H HACHETTE
Jeunesse

L'édition originale de ce roman a été publiée sous le titre :
THE SHERLUCK BONES MYSTERY DETECTIVE BOOK 4
par Bantam Books, Inc., New York.

Introduction

Sherlock Heml'Os et Scotson sont de retour ! Venez vite vous joindre à eux pour résoudre les énigmes les plus mystérieuses...

Avec son esprit vif, Sherlock Heml'Os n'a pas son pareil pour trouver la solution en moins de temps qu'il ne faut pour le dire. Rien n'échappe à son regard perçant. Scotson, son fidèle compagnon, est toujours stupéfait par un tel talent.

Alors, détectives en herbe, au travail. Ouvrez l'œil, soyez attentifs ! Cet ouvrage vous offre l'occasion de prouver que vous aussi, vous êtes capables de découvrir le coupable et de mener à bien l'enquête la plus difficile.

Avec Sherlock Heml'Os et Scotson pour compagnons, vous avez toutes les chances d'arriver au but !

1

Un faux ami

La pluie n'avait pas cessé depuis le matin. Un temps à ne pas mettre un chien dehors ! Bien au chaud dans le bureau de Scotson, Sherlock Heml'Os et son ami passaient un après-midi agréable. Le premier collait des coupures de presse relatant leurs exploits dans leur journal de bord, tandis que l'autre prenait connaissance de son courrier.

« Incroyable ! s'écria tout à coup Scotson en levant les yeux. Il y a une lettre de Roger Leterrible ! Il ne nous avait pas donné de ses nouvelles depuis des mois et des mois !

— Ah bon ? » marmonna Sherlock Heml'Os tout en poursuivant sa tâche.

Il n'aimait guère ce Roger Leterrible.

Il le considérait comme un garçon malhonnête, toujours prêt à emprunter de l'argent que ses créanciers, malheureusement, ne revoyaient jamais.

Scotson lut la missive d'un trait. Quand il eut terminé, un sourire satisfait éclairait son visage.

« Roger m'assure que je suis son meilleur ami ! lança-t-il. Il me le dit et le redit dans sa lettre !

— Vraiment ? s'étonna Sherlock Heml'Os en fronçant les sourcils.

— Exactement ! Et, étant donné que je suis son meilleur ami, il me demande de lui prêter un peu d'argent. »

Sherlock Heml'Os avait bien envie de conseiller à Scotson de se méfier de Roger Leterrible, mais il avait peur de le froisser. Aussi renonça-t-il, à contrecœur.

Le prêteur sortit quelques billets de son portefeuille et s'empressa de les glisser dans une enveloppe.

« Puisque Roger m'assure qu'il me les rendra dès la semaine prochaine, je suis très heureux de lui venir en aide ! » fit-il, content de lui.

Sherlock Heml'Os haussa les épaules. En lui-même, il savait bien que son compagnon pourrait attendre longtemps avant de récupérer son argent...

Une semaine plus tard, ils prenaient tous deux le thé tout en dégustant des petits fours quand on sonna à la porte d'entrée. C'était le facteur. Il apportait

une lettre pour Scotson. Au verso de l'enveloppe, ce dernier lut à haute voix : « Roger Leterrible. »

Il donna un coup d'œil triomphant à son ami et déchira l'enveloppe d'un geste fébrile. Puis il invita Sherlock Heml'Os à prendre connaissance de la lettre avec lui.

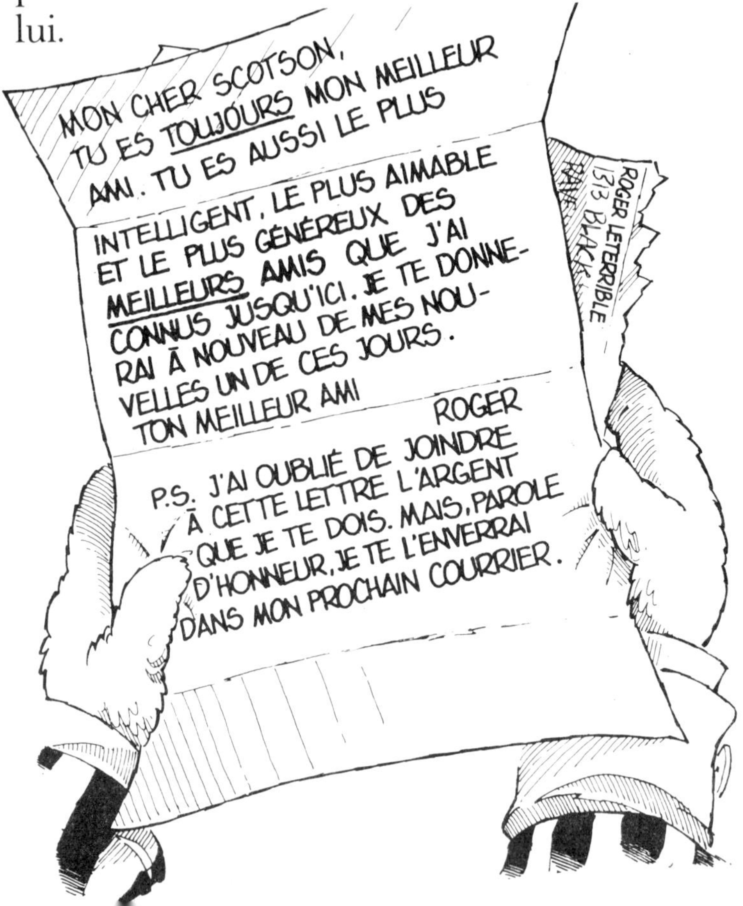

« Tu vois, dit Scotson en souriant, Roger est aussi honnête que toi ou moi. Il m'enverra l'argent que je lui ai prêté dans sa prochaine lettre ! »

Cette fois, Sherlock Heml'Os ne réussit pas à se maîtriser.

« A ta place, s'écria-t-il, je n'y compterais pas ! Crois-moi ! ce Roger Leterrible est un faux jeton de la pire espèce !

— Alors là, je ne te comprends pas, murmura Scotson. Pourquoi le juges-tu ainsi ?

— Parce qu'il ment dans sa lettre, voilà tout !

— Il ment... Et comment le sais-tu ? »

Avez-vous deviné pourquoi Sherlock Heml'Os a la certitude que Roger Leterrible ment ?

Vous donnez votre langue au chat ?

Alors, tournez la page...

SOLUTION

Un faux ami

Sherlock Heml'Os a remarqué que Roger Leterrible a menti lorsqu'il a écrit qu'il avait *oublié* de joindre le montant de sa dette à sa lettre.

Comment aurait-il pu l'oublier, puisqu'il était précisément en train d'écrire la lettre ? Il n'avait pas encore cacheté l'enveloppe !

2

Envolé, le hibou !

Quoi de plus instructif que la visite d'un musée ? Sherlock Heml'Os et Scotson avaient décidé de parfaire leurs connaissances, aussi examinaient-ils les collections du muséum d'Histoire naturelle de Toutouville avec un réel intérêt. Il y avait là une foule de choses étonnantes, comme la reconstitution d'un barrage de castors, ou des nids de frelons, sans oublier de nombreux ossements préhistoriques.

Une sorte de tas de gravats attira soudain leur attention. Comme Sherlock Heml'Os lui demandait ce que cela pouvait bien être, Scotson assura avec autorité qu'il s'agissait de la partie externe d'un terrier de marmotte.

« Tu en es sûr ? s'étonna le célèbre détective.

— Et comment ! s'exclama son compagnon. Je suis incollable sur le sujet ! »

A peine avait-il dit cela que deux

ouvriers arrivèrent, brouette en mains, et se mirent à débarrasser la salle de ces décombres.

« Ceux qui ont fait les réparations, hier, auraient bien pu enlever ces saletés ! » se plaignit l'un d'eux.

Scotson se racla la gorge et devint rouge comme une tomate. Son compagnon se tourna afin qu'il ne voie pas qu'il avait fort envie de rire...

Au grand soulagement de Scotson, le directeur du muséum accourut soudain vers eux, la mine défaite.

« Vous êtes bien le grand, l'unique Sherlock Heml'Os, n'est-ce pas ? demanda-t-il, hors d'haleine.

— En personne ! monsieur Croc d'Acier, répondit le détective en reconnaissant le directeur.

— Alors, il faut absolument que vous m'aidiez ! Nous venons de découvrir un vol ! »

M. Croc d'Acier donna quelques précisions sur les circonstances de l'incident. Le forfait avait eu lieu la nuit précédente. Une pièce rare avait disparu. Il s'agissait d'un hibou naturalisé d'une espèce en voie de disparition. Quelqu'un s'était introduit dans le muséum et avait pris l'oiseau dans la vitrine qui l'abritait.

Sherlock Heml'Os voulut savoir si le directeur soupçonnait quelqu'un.

« Je me suis séparé hier du veilleur de nuit Jean Lefouineur. Il était paresseux et malhonnête ! Un vrai filou ! dit M. Croc d'Acier. Il a dû voler le hibou pour le revendre. Il peut en tirer une somme rondelette !

— Hum hum... fit le détective. Allons de ce pas poser quelques questions à votre ancien veilleur de nuit ! »

Lefouineur les reçut plutôt froidement.

« Qu'est-ce que vous me voulez ? grogna-t-il en voyant le trio.

— Nous enquêtons sur un vol commis au muséum la nuit passée, dit Sherlock Heml'Os. Savez-vous quelque chose ?

— Qu'est-ce que je devrais savoir, selon vous ? répliqua l'autre, le regard mauvais. Je ne travaille même plus là-bas !

— Ne faites pas le malin ! cria presque le détective. Si nous sommes ici, c'est parce que nous pensons que vous êtes sûrement mêlé à cette affaire. On a volé un oiseau naturalisé...

— Je n'ai rien volé du tout, vous avez compris ? Figurez-vous que j'ai mieux à faire, pour m'occuper, que de visiter des musées ! Et puis je me demande bien ce que je ferais d'un vieil hibou empaillé et poussiéreux ! »

M. Croc d'Acier, très déçu, se tourna vers Sherlock Heml'Os.

« Cette piste ne nous a pas menés à grand-chose, regretta-t-il.

— Pour une fois, Sherlock Heml'Os l'invincible n'a plus qu'à déclarer forfait ! railla Lefouineur avec mépris.

— Pas si sûr que ça ! répliqua le détective en souriant. Bien au contraire ! Nous n'allons pas tarder à prouver que, justement, *vous êtes le voleur*, monsieur Lefouineur ! » Puis, se tournant vers M. Croc d'Acier, il ajouta : « Sans s'en

rendre compte, votre ancien gardien nous a dit lui-même qu'il était coupable !

— Je ne comprends pas ! » lança le directeur du muséum, stupéfait.

Pourquoi Sherlock Heml'Os assure-t-il que Lefouineur a dit lui-même qu'il était le voleur ?

Vous donnez votre langue au chat ?

Alors, tournez la page...

SOLUTION

Envolé, le hibou !

Lefouineur s'est trahi. En effet, il a dit : « Qu'est-ce que je ferais d'un vieil hibou empaillé ! »

Or, jusque-là, personne n'avait précisé que l'on recherchait le voleur d'un *hibou*. Sherlock Heml'Os n'avait parlé que d'« un *oiseau* naturalisé ». Seul le voleur pouvait savoir qu'il s'agissait d'un *hibou*.

L'ancien veilleur de nuit fut bien obligé de reconnaître sa culpabilité.

3

Pas de panique, Scotson !

Cette année-là, Sherlock Heml'Os et Scotson avaient décidé de passer leurs vacances à Cany's City. Des montagnes déchiquetées, et quelques ranches composaient le paysage, à la fois sauvage et grandiose, à la porte d'un désert qui s'étendait à perte de vue.

Un jour, comme ils s'apprêtaient à partir à cheval à la découverte du désert, le propriétaire de l'un des ranches courut vers eux.

« Sherlock Heml'Os ! J'ai besoin de vous ! cria-t-il, hors d'haleine.

— Que se passe-t-il, Pablo de la Pampa ?

— Deux cow-boys viennent de prendre la fuite en emmenant l'un de mes plus beaux taureaux. Pensez ! Une bête

qui a été primée à plusieurs reprises ! Ils vont sans doute le conduire à Old River City pour en tirer un bon prix. J'aurais bien aimé essayer de les rattraper, mais j'ai beaucoup à faire, aujourd'hui. Si vous vouliez vous en charger...

— Volontiers ! dit Sherlock Heml'Os après avoir consulté Scotson. Le problème, c'est que nous ignorons comment on se rend à Old River City.

— Facile ! Il suffit de suivre la piste jusqu'à un carrefour. Là, une pancarte vous indiquera la direction de Old River City. »

Les deux amis enfourchèrent leur cheval et se mirent à galoper à bride abattue. Ils les rattraperaient, ces vauriens ! Sur leur passage, ils soulevaient des nuages de poussière. Du sable à perte de vue... Çà et là, quelques maigres cactus. Partout, un soleil de plomb.

Scotson s'essuya le front avec un mouchoir à pois.

« Quelle chaleur ! gémit-il. Je prendrais bien un verre de limonade glacée !

— Moi aussi, dit Sherlock Heml'Os. Dès que nous aurons arrêté les voleurs, je t'offre un verre de limonade géant ! On doit trouver ça, à Old River City !

— Je me demande quand nous arriverons ! Nous n'avons toujours pas vu de carrefour ! Tiens, qu'est-ce qu'il y a, là-bas, au beau milieu de la piste ? »

Les deux cavaliers avaient bien atteint le carrefour dont leur avait parlé Pablo de la Pampa, mais le poteau indicateur

était renversé sur la piste. Des flèches indiquaient différentes directions. Sur deux d'entre elles, on pouvait lire « Cany's City » et « Old River City ».

Cette fois, Scotson se sentit complètement découragé.

« Nous sommes perdus ! Comment savoir quelle est la direction de Old River City ? »

Sherlock Heml'Os sauta à terre et examina le poteau indicateur.

« Enfantin ! s'écria-t-il au bout d'un moment. Il suffit de le redresser !

— Qu'est-ce que cela changera ? Tu ignores comment il faut orienter les différentes flèches ! Tu risques de te tromper.

— Impossible de se tromper ! assura Sherlock Heml'Os. Regarde ! »

Pourquoi Sherlock Heml'Os est-il si sûr de lui ?

Vous donnez votre langue au chat ?

Alors, tournez la page...

SOLUTION

Pas de panique, Scotson !

Sherlock Heml'Os a vite trouvé comment placer le poteau de façon correcte. En effet, il connaissait la direction de Cany's City, puisqu'ils en venaient tous deux. En orientant la flèche sur laquelle on pouvait lire Cany's City dans la direction de la route qui y conduisait, toutes les autres flèches seraient automatiquement justes.

Une fois le poteau remis en place, les deux cavaliers repérèrent la piste qui menait à Old River City et atteignirent la ville en un temps record. Arrêter les cow-boys malhonnêtes ne leur posa aucun problème, et ils purent enfin se régaler d'une limonade bien fraîche !

4

Comment choisir son coiffeur

Sherlock Heml'Os et Scotson étaient allés visiter un petit bourg situé à quelques kilomètres de Toutouville. Ils se promettaient depuis longtemps de faire un peu de tourisme dans cet endroit charmant ; profitant d'une belle journée ensoleillée, ils découvraient les vieilles maisons et les

rues pleines de monde. Ils se retrouvèrent bientôt dans le centre-ville.

« Quelle chance ! Nous avons un temps idéal pour la promenade ! s'exclama Scotson en respirant à pleins poumons.

— Pas seulement pour la promenade à pied ! dit Sherlock Heml'Os. A bicy-

clette aussi, par un temps pareil c'est très agréable. »

En entendant le mot « bicyclette », Scotson s'arrêta net. Une pensée venait de traverser son esprit : il avait complètement oublié que le soir même, Sherlock Heml'Os et lui étaient invités au banquet annuel du Club Cycliste de Toutouville. Une soirée mondaine qui rassemblait la meilleure société de la ville.

« Figure-toi que je n'y pensais absolument plus ! avoua-t-il à son compagnon.

— Nous avons tout notre temps pour nous préparer, assura ce dernier.

— Regarde les cheveux que j'ai ! fit l'autre. J'ai bien besoin d'une coupe...

— En effet, reconnut Sherlock Heml'Os avec un regard sur l'abondante chevelure de son ami. Veux-tu que nous essayions de trouver un coiffeur ?

— Pourquoi pas ! »

Un peintre en bâtiment passait par là : les deux promeneurs lui demandèrent s'il y avait un salon de coiffure dans les parages. La petite ville en comptait deux, situés dans la même rue, à une centaine de mètres de là. En effet, Sherlock Heml'Os et Scotson se retrouvèrent bientôt devant les deux boutiques ; elles se faisaient face...

« Voyons un peu... dit Scotson. J'aimerais bien savoir lequel des deux coiffe le mieux.

— Jetons un coup d'œil à celle-ci », proposa Sherlock Heml'Os en désignant la boutique dont l'enseigne annonçait : *Salon Nestor.*

Une merveille de propreté ! Moderne, nette, bien rangée... Nestor lui-même était très soigné, mis de façon impeccable ; sa coiffure semblait sortie des mains d'un véritable artiste. Il était en train de couper les cheveux à un client.

Les deux amis se tournèrent ensuite vers l'autre salon. *Chez Riri*. Quel désordre ! Sans aucun doute, le ménage n'avait pas été fait depuis bien longtemps... Pas un seul client. Quant au coiffeur lui-

même, il avait un aspect négligé et ses cheveux partaient dans tous les sens !

« Eh bien, je n'ai pas besoin d'une boule de cristal pour deviner lequel de ces deux-là est le meilleur ! s'écria Scotson. Tu l'as trouvé toi aussi, n'est-ce pas ?

— Bien entendu ! Ce n'est pas sorcier ! » lança Sherlock Heml'Os.

Avez-vous trouvé quel est le meilleur coiffeur ?

Vous donnez votre langue au chat ?

Alors, tournez la page...

SOLUTION

Comment choisir son coiffeur

Scotson a choisi de se faire couper les cheveux chez Riri.

En effet, comme il n'y a que deux coiffeurs dans le bourg, ils doivent forcément se couper les cheveux l'un l'autre. Même si le salon de Riri n'était pas très engageant, et s'il était lui-même fort mal coiffé, c'était lui qui avait si bien coupé les cheveux à son confrère.

Nestor, par contre, lui avait fait une coiffure horrible !

5

Qui a volé le beau rosier ?

Le soleil resplendissait. Il était temps d'aller faire provision de graines de fleurs que Scotson sèmerait dans son jardin. Sherlock Heml'Os et lui décidèrent de se rendre chez *Toutouflor*, le magasin le plus important de la ville. Chemin faisant, ils passèrent devant l'unique librairie de Toutouville et Scotson donna un coup d'œil à la vitrine.

« Incroyable ! s'exclama-t-il. Ils ont un livre qui vient juste de sortir. Regarde ! *L'Art de cultiver ses rosiers*. Il faut absolument que je me le procure !

LIBRAIRIE
L'ART DE CULTIVER SES ROSIERS

— D'accord », dit le célèbre détective en entrant dans la boutique derrière son ami.

Le libraire leur apprit qu'il avait reçu quelques exemplaires de l'ouvrage le matin même. Très fier de lui, il ajouta qu'il était l'un des premiers à avoir été livré, le jour même de la parution, et qu'il était impossible de se procurer l'ouvrage par correspondance.

Scotson rayonnait ! Être l'un des rares possesseurs de ce livre le flattait beaucoup. Aucun doute là-dessus, il aurait les plus belles roses de Toutouville...

Les deux amis se rendirent ensuite chez *Toutouflor.* Sa propriétaire, Mlle Adélaïde, semblait fort abattue. Que lui était-il donc arrivé de si désagréable ?

« Quel malheur ! Cette chipie de Berthe de la Meute m'a volé un superbe rosier buisson ! Une plante qui avait reçu plusieurs prix aux expositions florales de la région !

— Comment cela s'est-il passé ? demanda Sherlock Heml'Os.

— Le rosier se trouvait sur une table, près de la porte d'entrée du magasin. Un client est venu acheter un bouquet et, tandis que je m'occupais de lui, j'ai aperçu Berthe de la Meute. Elle est entrée, a pris mon beau rosier et s'est enfuie en courant.

— Vous l'avez bien reconnue ?

— En tout cas, c'était quelqu'un qui lui ressemblait comme deux gouttes d'eau ! Elle était folle de rage de savoir que mon rosier buisson avait été primé ! Elle doit avoir l'intention de le planter dans son jardin pour faire croire qu'elle l'a fait pousser elle-même !

— Retrouvez votre calme, mademoiselle Adélaïde, dit Sherlock Heml'Os. Scotson et moi, nous allons interroger Berthe de la Meute.

— Merci ! Merci, de tout cœur ! »

Quelques minutes plus tard, les deux amis sonnaient chez la suspecte. Elle les fit entrer. Sherlock Heml'Os commença à inspecter le salon : aucune trace du rosier ! Par contre, quel désordre ! La demoiselle avait le ménage en horreur. Des vêtements traînaient à même le sol, des livres encombraient la table. Un beau fouillis ! Parmi ces livres figurait *L'Art de cultiver ses rosiers*. Il était posé au beau

milieu de restes de repas. Quel dommage de ne pas prendre soin d'un si bel ouvrage, pensa Sherlock Heml'Os.

Scotson en vint vite au fait.

« Mademoiselle de la Meute, demanda-t-il d'une voix sévère, est-ce vous qui avez volé le rosier buisson de la propriétaire de *Toutouflor* ?

— Moi ? s'écria la demoiselle, l'air outré. Comme si j'étais capable d'un acte aussi méprisable ! Vous me connaissez mal ! D'ailleurs, je me demande bien comment j'aurais pu lui voler son rosier :

je n'ai pas quitté la maison de toute la journée ! Et je n'ai reçu aucune visite ! J'adore rester chez moi à lire tranquillement. Vous savez, après tout, les livres sont les meilleurs amis ! Voler un rosier, moi ! »

Scotson avait l'air confus. Il se tourna vers son ami et lui dit :

« Ma parole, nous nous sommes bien trompés, cette fois ! Si Mlle de la Meute n'est pas sortie de chez elle, on peut la considérer comme innocente. La propriétaire de *Toutouflor* a dû la confrondre avec quelqu'un d'autre.

— Pas du tout ! Berthe de la Meute est bien *sortie* de chez elle. Tu veux une preuve ? »

Comment Sherlock Heml'Os peut-il prouver que Berthe de la Meute a quitté son domicile ?

Vous donnez votre langue au chat ?

Alors, tournez la page...

SOLUTION

Qui a volé le beau rosier ?

Lorsque Berthe de la Meute a assuré qu'elle n'avait pas quitté sa maison de toute la journée, Sherlock Heml'Os a tout de suite su qu'elle mentait.

Parmi les livres encombrant la table, il a remarqué un exemplaire de *L'Art de cultiver ses rosiers.*

Étant donné que l'unique libraire de la ville a assuré avoir été livré le jour même et avoir reçu les premiers exemplaires du livre, la demoiselle n'a pu que l'acheter elle-même, ou charger quelqu'un de cette emplette. Mais elle a déclaré n'avoir reçu aucune visite. Aucun doute ! Elle est allée en ville pour se procurer le livre.

La coupable finit par avouer. En passant devant *Toutouflor*, elle n'avait pu s'empêcher de dérober le beau rosier.

6

L'affaire des poissons

La plage de la Tortue, vous connaissez ? Non ? Quel dommage ! Un vrai coin de paradis ! Sherlock Heml'Os et Scotson l'aiment bien, cette petite crique couverte de sable fin... Ce jour-là, ils profitaient du soleil tout en buvant du thé glacé, et suivaient d'un œil distrait les voiliers qui voguaient au loin.

« A marée basse, dit Sherlock Hem-l'Os, c'est l'endroit idéal pour prendre des bains de soleil en toute tranquillité. Par contre, à marée haute, il n'y a pas un centimètre de sable sec !

— Tout à fait exact ! fit Scotson.

— Aujourd'hui, la marée a commencé à monter à midi, et la plage de la Tortue sera complètement recouverte d'eau jusqu'à quatre heures de l'après-midi », déclara son compagnon.

Cinq heures sonnèrent au clocher de Toutouville. Scotson allait proposer une petite promenade quand le bruit d'une dispute leur parvint. Ils tendirent l'oreille... Les cris provenaient d'un bateau de pêche amarré au quai voisin de la plage. D'un commun accord, ils décidèrent d'aller voir ce qui se passait.

Ils découvrirent bientôt Éric Le Hardi, un pêcheur, en train de se quereller avec un marin qui passait ses journées à traîner sur le port ou à dormir allongé sur un banc. A Toutouville, tout le monde connaissait ce grand paresseux de Joseph Le Cossard... A la vue de Sherlock Heml'Os, Éric Le Hardi poussa un soupir de soulagement.

« Vous ici ! Quelle chance ! s'écria-t-il.

— Que se passe-t-il ? voulut savoir le détective.

— On m'a volé une caisse remplie à ras bord de poissons ! Je suis certain que ce vaurien de Joseph Le Cossard a fait le coup ! Des gens m'ont dit qu'ils l'avaient vu en train de transporter une caisse de poissons tout près de chez lui ! Vous admettez comme moi qu'il est bien trop paresseux pour les avoir pêchés lui-même !

— Hum hum... fit le détective. A quelle heure le vol a-t-il été commis ?

— Il devait être environ trois heures et demie de l'après-midi, répondit le pêcheur.

— De trois heures à quatre heures de l'après-midi, lança le suspect avec un regard méprisant, je dormais sur la plage de la Tortue ! Cet idiot de pêcheur ne veut rien entendre ! Je me tue à lui répéter que je me trouvais sur la plage de la Tortue !

— Dormir ! Dormir ! Tu ne sais faire que ça ! gronda Éric Le Hardi.

— Cela sert au moins à quelque chose ! répliqua l'autre. Puisque je dormais, je n'ai pas pu vous voler votre poisson ! »

Sherlock Heml'Os allait dire quelque chose quand son compagnon l'en empêcha.

« Ma parole ! Joseph Le Cossard, vous êtes un sacré menteur ! » cria Scotson, hors de lui.

Pourquoi Scotson sait-il que Joseph Le Cossard a menti ?

Vous donnez votre langue au chat ?

Alors, tournez la page...

SOLUTION

L'affaire des poissons

Scotson se souvenait de sa conversation avec Sherlock Heml'Os sur la plage, au sujet de la marée. A marée haute, la plage était recouverte d'eau jusqu'à quatre heures de l'après-midi.

Joseph Le Cossard ne pouvait donc pas y dormir entre trois et quatre heures.

Confondu, il avoua qu'il avait volé la caisse de poissons. Pour le dédommager, le pêcheur l'obligea à travailler pour lui toute une semaine gratuitement...

Table

Introduction.............................. 5

1. Un faux ami.......................... 7
2. Envolé, le hibou !..................... 17
3. Pas de panique, Scotson ! 27
4. Comment choisir son coiffeur..... 37
5. Qui a volé le beau rosier ? 45
6. L'affaire des poissons 55

Composition réalisée par C.M.L., Montrouge

Achevé d'imprimer par Clerc S.A.
18200 Saint-Amand - N° 4804 - Mars 1992
ISBN 2.01.014190.3 - Dépôt légal éditeur n° 6547

32/0253/8